世界经典童话小说书系

帽子戏法

著者／佚　名　　编译／顾文显　等

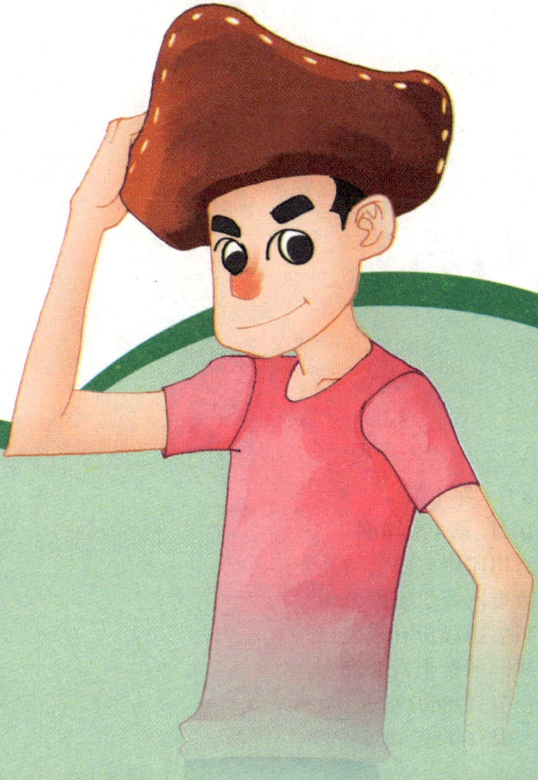

吉林出版集团股份有限公司｜全国百佳图书出版单位

图书在版编目（CIP）数据

帽子戏法 /（斯里兰卡）佚名著；顾文显等编译.--长春：吉林出版集团股份有限公司，2016.12

（世界经典童话小说书系）

ISBN 978-7-5581-2112-8

Ⅰ.①帽… Ⅱ.①佚… ②顾… Ⅲ.①儿童故事－作品集－世界 Ⅳ.①I18

中国版本图书馆CIP数据核字（2017）第065118号

帽子戏法

MAOZI XIFA

著　　者　佚　名
编　　译　顾文显 等
责任编辑　赵黎黎
封面设计　张　娜
开　　本　16
字　　数　50千字
印　　张　8
定　　价　29.80元
版　　次　2017年8月　第1版
印　　次　2020年10月　第4次印刷
印　　刷　三河市嵩川印刷有限公司
出　　版　吉林出版集团股份有限公司
发　　行　吉林出版集团股份有限公司
地　　址　长春市绿园区泰来街1825号
电　　话　总编办：0431-88029858
　　　　　发行部：0431-88029836
邮　　编　130011
书　　号　ISBN 978-7-5581-2112-8

前言

QIANYAN

儿童自然单纯，本性无邪，爱默生说：“儿童是永恒的弥赛亚，他降临到堕落的人间，就是为了引导人们返回天堂。”人们总是期待着保留这份童真，这份无邪本性。

每一个儿童都充满着求知的欲望，对于各种新奇的事物，都有着一种强烈的好奇心，这样在成长的过程中就不可避免地被好的或坏的事物所影响。教育的问题总是让每个父母伤透了脑筋，生怕孩子们早早地磨灭了童真，泯灭了感知美好事物的天性。童话很好地解决了这个问题，让儿童始终心存美好。

徜徉在童话的森林，沿着崎岖的小径一路向前，便会发现王子、公主、小裁缝、呆小子、灰姑娘就在我们身边，怪物、隐身帽、魔法鞋、沙精随时会让我们大吃一惊。展开想象的翅膀，心游万仞，永无岛上定然满是欢乐与自由，小家伙们随心所欲地演绎着自己的传奇。或有稚童捧着双颊，遥望星空，神游天外，幻想着未知的世界，编织着美丽的梦想。那双渴望的眸子，眨呀眨的，明亮异常，即使群星都暗淡了，它也仍会闪烁不停。

童心总是相通的，一篇童话，便会开启一扇心灵之窗，透过这扇窗，让稚童得以窥探森林深处的秘密。每一篇童话都会有意无意地激发稚童的想象力和感知力，让他们在那里深刻地体验潜藏其中的幸福感、喜悦感和安全感，并且让这种体验长久地驻留在孩子的内心，滋养孩子的心灵。愿这套《世界经典童话小说书系》对儿童健康成长能起到一点儿助益，这样也算是不违出版此书的初心了。

编者

2017年3月21日

目录

MULU

帽子戏法

从前，有一个父母双亡的苦孩子，虽然生活非常困难，但却非常勤劳。一位农民伯伯见他能吃苦耐劳，十分欣赏，便送给他一头耕牛。苦孩子开心地想，我应该用这头牛开出一片荒地，种上庄稼，收获很多很多的粮食。于是，他谢过农民伯伯，牵着牛回家了。

苦孩子正往前走着，突然听到背后有人喊他，回头一看，见三个成年人正冲着他笑。

“是在叫我吗？请问有什么事儿？”苦孩子停下脚步问道。

“你带着这只公山羊去哪儿啊?”其中一个人问道。

“公山羊？怎么会是山羊，这明明是头公牛啊，先生们!”孩子反驳说。

“快看看这小疯子！明明是一只山羊却要说是头公牛，一定是哪个人用烈酒把他灌醉了。”那人哈哈大笑地对同伴说。

“得了吧，就你这只山羊，瘦得只剩下一把骨头，白给我都不要。”听了这个人的话，另一个人接上话茬。

“那我们就应该帮帮这个可怜的小家伙儿，给他五个卢比买下这只山羊算了。”第三个人帮腔说。

听了他的话，第二个人从口袋里掏出五个卢比，硬塞到苦孩子的手上，不由分说地夺过拴牛绳。苦孩子现在只身一人，而对方却是三个，而且都是成年汉子，他能怎么办呢?

苦孩子明白，三个成年人分明是在合伙欺负他。他同时也知道，不能来硬的，假如吵起来，三个人肯定会痛打他一顿，然后一走了之，所以他决定还是先忍忍。

三个人如愿以偿地牵着牛走了。可是，刚走出不远，苦孩子便气喘吁吁地追上来。

“先生们真是好心肠。我的这头懒羊确实一钱不值，可你们却给了我五个卢比。我还从来没见过比你们更善良的人呢！几位主人啊，现在我一贫如洗，家里什么亲人都没有了，如果你们肯收下我做仆人，那我也可以借你们的光，过几天舒服日子。”苦孩子对三个成年人说。

这真是天大的便宜事儿，刚刚得了一头牛，转眼间又来了个不花钱的仆人。于是，三人交换了一下眼神，很痛快地答应了。

苦孩子很能吃苦，没过多少日子，就取得了三个成年人的信任。苦孩子起早贪黑、任劳任怨地为主人做了很多事儿，最后，连家庭消费和挣来的钱也都交给了苦孩子保管。有了这个免费的劳动力，三个成年人喜不自胜。

一天，苦孩子出去办事，回来时戴了一顶奇怪的帽子。看到他这顶三角帽，三个成年人不禁大笑起来。

“你这个小丑帽是从哪儿捡来的?”主人问道。

“这不是小丑帽，而是一顶神奇的王冠，戴上这顶王冠去市场，什么东西都可以免费。这么长时间我从不向你们讨零花钱，就是因为我有这顶王冠呀。”苦孩子一本正经地说道。

三个成年人不相信他的话。

“我就知道你们肯定不信。这样好不好，明天咱们一起去市场，我会让你们亲眼看看这顶王冠的魔力。”看到对方一个个疑惑的神情，苦孩子接着说道。

三个成年人终于控制不住强烈的好奇心，约定明天去市场亲眼看看。

趁主人们不注意，苦孩子戴着三角帽赶到市场。他选了三家最大的商店，然后拿出一些钱分别交给店主。

“明天我陪三位客人到这里来，为了易于辨认，我还戴着这顶帽子。无论客人们要吃什么、喝什么、拿什么，你都要照办，但绝不能收钱。你们先拿着这些钱，事后我再跟你们算总账。”苦孩子将明天的事情安排妥当。

店主们都相信苦孩子的话，更何况还给了很多定金。其实，苦孩子给店主们的钱都是从三个成年人的秘密钱柜里偷出来的。

第二天一早，苦孩子就带着主人们来到市场。孩子给定金的事儿已在市场上传开了，人们都以为他是个了不起的大富翁，所以无论他从哪个店前经过，店主都恭恭敬敬地向他施礼。

在市场上转了一圈，苦孩子带着三个成年人走进一家大商店。商店里摆着很多高档食品，四个人大吃大喝了一顿。

酒足饭饱，苦孩子站起身，为了验证苦孩子昨天的话，三个成年人也跟着站起身来。他们大摇大摆地朝外走去，店主人躬身施礼：“欢迎再来，这个店就是您老人家的。”

苦孩子朝店主微微一笑，将头上的帽子拉正，昂首挺胸地走出店门。三个成年人看得眼睛都直了，他们做梦也没有想到，这顶普普通通的三角帽竟然有这么大的威力。

“我再领你们去别处看看。”见三个成年人走了神儿，苦孩子提醒道。

三个人默默地跟在苦孩子后面，在市场上整整转了一天。中午，苦孩子带他们到一家大餐厅用膳，晚上照旧找了一个最豪华的地方款待他们。

三个成年人简直像是在梦里，戴着帽子的苦孩子无论出现在哪里，无不受到殷勤的款待。这可是他们从未受到过的礼遇。

在回家的路上，三个成年人悄悄商议，无论如何也要买下这顶非同寻常的帽子。一到家，他们就迫不及待地要买苦孩子的三角帽，可是苦孩子说什么也不卖。

“我身边只有这一件祖传宝贝了，给多少钱我都不能卖。”苦孩子冷着脸说道。

然而，三个财迷心窍的成年人不肯罢休，仍千方百计地要把帽子据为己有，甚至丑态百出地央求苦孩子。

最后，为了得到这顶帽子，他们竟要把所有财产都交给苦孩子。被逼无奈，苦孩子也只好同意了。

“既然你们这么坚持，那就卖给你们吧！”苦孩子假装无奈地说。

当晚，三个成年人就把全部家产都给了苦孩子，苦孩子的帽子自然也到了他们的手中。苦孩子交出帽子，把家里值钱的东西绑到牛背上，连夜走了。

三个成年人觉得捡到了一个天大的便宜，于是盼呀盼，好不容易盼到天明。他们要用这顶帽子把整个市场都搬回家。

一到市场，他们首先来到昨天吃饭的店。有了三角帽，店主立刻认出了他们，并亲自摆台。三个成年人想，帽子果然非同寻常！

他们吃饱喝足，然后打着饱嗝起身，昂首挺胸地朝外走去。

“先生们，请付款吧！”他们正要出门时，店主发话了。

“钱？什么钱？没看见这顶帽子吗？”三个成年人十分恼怒，其中一个将帽子在店主眼前晃了晃。

不想店主一把抓住晃帽人的脖子，发起威来。

“要我告诉你是什么钱吗？”店主不客气地说。

店主长得膀大腰圆，三个成年人大惊失色，幸好其中一个人赶紧拿出钱来才算了事。

走出店门，三个成年人吵了起来。

“这顶用全部财产换来的帽子是决不会有问题的。就因为你用手拿着帽子，所以才不管用，你应该把它戴在头上。”两个成年人对拿帽子的人说。

拿帽人觉得有道理，于是把帽子戴在了头上。戴上帽子，三个成年人又走进另一家商店。在这里，他们随心所欲地拿了很多东西。

他们包好东西正要往外走，店主却让他们付款。三个成年人面面相觑，惊慌中戴帽子的人在店主面前晃了晃脑袋，不想被店主狠狠抽了一记耳光，那顶神奇的帽子也被打落到炉子里，顿时化为灰烬。

看到帽子被烧成了灰，三个成年人大哭起来。

这时，商店门前聚集了很多人。听到三个人哭诉着这顶奇怪帽子的来历，人们笑得前仰后合。

店主告诉了他们苦孩子如何交纳定金，如何嘱咐他们见帽不收钱的过程。三个成年人这才恍然大悟，原来是苦孩子愚弄了他们。

从那天起，三个成年人发誓，从此一定好好做人，再也不为非作歹了。

十二月神

很久以前，斯洛伐克的小村庄里住着一位母亲和两个女儿。继女玛鲁什卡比亲生女儿霍伦娜长得漂亮，继母因此心生妒忌。

为了讨好继母，玛鲁什卡几乎包揽了所有的家务活儿，可是处境却越来越糟糕。

继母不但没有因为她的任劳任怨而感到满意，相反更加讨厌她，还时常用恶毒的语言谩骂、诅咒她。

两个女孩儿都到了婚嫁的年龄，可上门求婚的年轻人都情不自禁地喜欢上玛鲁什卡，面对霍伦娜却不愿多看一眼。

不争气的霍伦娜整天只知道梳妆打扮，在院子里闲逛或是上街炫耀。她除了欺负玛鲁什卡，想方设法地侮辱她，别的什么也不会。

“这么下去怎么行呢？我不应该把这么漂亮的姑娘留在家里。”继母不止一次地想。

新年刚过，天气异常寒冷，窗子上挂满厚厚一层冰花。

“你到山里去给我采一束紫罗兰回来，我要把它们别在皮带上。”霍伦娜忽然别出心裁，刁难玛鲁什卡。

“天哪，妹妹，这么冷的天去哪里采紫罗兰啊？”玛鲁什卡很惊讶。

“懒鬼，还不赶紧去采鲜花回来。如果你采不回，就永远不要再回这个家了。”继母站在霍伦娜身边，厉声呵斥玛鲁什卡。

继母把玛鲁什卡推出门，将她留在了怒吼的寒风里。

玛鲁什卡很委屈，边哭边跑，来到了大山里。皑皑白雪掩埋了山路，她迷路了，快被冻死在山里了。无助的她跪倒在地，请求上天尽快将自己带走。

这时，玛鲁什卡隐约看见远处有光亮，走近一些，发现山顶上燃烧着的篝火周围错落着不规则的十二块大石头，上面端坐着十二位男子。

玛鲁什卡被眼前的一切惊呆了，站在地上一动不敢动。坐在最高石块上的老人见玛鲁什卡来到面前，开始介绍十二位男子。

“头发花白的前三位是冬天，看起来像中年人的三位是秋天，长得英俊帅气的三位是夏天，一脸青涩的三位小伙子是春天，我们是代表着十二个月的神。”

缓过神儿来的玛鲁什卡勇敢地走上前去，请求烤烤火。

“美丽的姑娘你来这里干什么?”坐在最高石块上的老人问道。

“我是来采紫罗兰花的。”玛鲁什卡回答道。

“现在是冬天，你该知道这不是采紫罗兰花的季节啊?”

白发苍苍的老人又问。

玛鲁什卡无奈地讲了事情的原委。

老人起身走向一位年轻的男子，把一根棍子交到他的手中。

“三月兄弟，为了这个可怜的女孩儿，请你坐到我的位置上去。”老人说道。

三月坐到了最高的石头上，在篝火上方挥动几下棍子。火苗越烧越高，瞬间融化了皑皑白雪，周围呈现出春天的景象。

“玛鲁什卡，快采！”三月指着旁边的一片紫罗兰花催促道。

玛鲁什卡高兴地跑到花丛中，采了一捧紫罗兰花。她回到十二月神的面前，万分感激地鞠躬后，就跑回家了。

霍伦娜和继母看见玛鲁什卡带回一大束鲜艳的紫罗兰，惊讶极了。

霍伦娜把紫罗兰花束别在自己的皮带上，一会儿让母亲闻闻，一会儿自己闻闻，根本不理会千辛万苦采花给她的姐姐。

没过几天，霍伦娜忽然想吃新鲜的草莓，又叫玛鲁什卡去采。

“我亲爱的妹妹，这么冷的天哪里能长出草莓呢，你吃点儿别的好吗？”玛鲁什卡委屈地争辩着。

“我女儿要吃，你就赶紧去找。如果采不回草莓，我就让你知道什么叫作倒霉。”继母走过来呵斥道。

玛鲁什卡又一次被继母赶出家门，哭着跑进空无一人的大山里，跪在雪地里求上天把她带到另一个世界。

这时，她再次看见那道耀眼的白光，顺着白光来到山顶，见到端坐在大石头上的十二个月神。

“善良的月神们，让我在这烤烤火吧！”玛鲁什卡恳求道。

“我的孩子，你怎么又来到这里？”坐在首位的白胡子老人问玛鲁什卡。

“我的继母和妹妹说，采不回新鲜的草莓就让我倒霉。善良的月神们，谁能告诉我哪里有新鲜的草莓？”玛鲁什卡为难地问道。

和蔼的白胡子老人站起身，把一根棍子交给了对面的八月。

八月坐到最高的大石头上，在篝火的上方用力挥舞着棍子。篝火融化掉地上的积雪，眼前开满了鲜花。

这时，树林里的草坪上，长出一大片鲜红鲜红的草莓。

“玛鲁什卡，快摘草莓。”八月命令道。

玛鲁什卡很快就摘下一围裙草莓，无比感激地谢过十二月神，便急匆匆地赶回了家。

“你是在哪里摘到的新鲜草莓?”继母和霍伦娜惊讶地问玛鲁什卡。

“在很远很远的高山上。”可怜的玛鲁什卡小心翼翼地回答道。

其实，霍伦娜和继母根本没理会玛鲁什卡说什么，而是只顾着吃香甜的草莓。她们差点儿胀破肚皮，却没让玛鲁什卡尝一颗。

过了一段时间，霍伦娜又开始琢磨怎么刁难玛鲁什卡，最后决定让她去摘些苹果回来。

没等玛鲁什卡申辩，恶毒的继母就把她推出了家门。

玛鲁什卡和前两次一样，在跑得筋疲力尽即将冻死的时候，又遇到了围坐在篝火旁的十二月神。

仁慈的十二月神再一次帮助了可怜的玛鲁什卡。执掌秋天的十月之神，施法催熟了果实。玛鲁什卡顺利地带着两个鲜红的苹果回到家。

“你这个笨蛋、懒鬼，为什么只摘了两个苹果回来？一定是路上自己吃掉了吧！”霍伦娜埋怨她。

“我一个也没吃。”玛鲁什卡委屈极了，小声念叨着，偷偷地躲进了厨房。

霍伦娜和母亲每人一个苹果，但吃完觉得没吃够。

霍伦娜不听母亲的劝阻，执意要自己上山摘苹果。最后，她来到山里，在快要冻僵时遇到了篝火旁的十二月神。她很无理地上前烤火，既不问好，也不打招呼。

坐在首位的白胡子老人见霍伦娜没有礼貌，非常生气。他在头上用力挥舞着棍子，顷刻间就把霍伦娜冻死在雪地里。

继母等了几天，未见霍伦娜回家，决定到大山里去寻找女儿。走了不久，她就迷路了，开始诅咒女儿和该死的天。一不小心，她被雪堆绊倒，摔断了双腿，活活冻死在大山里。

继母和霍伦娜再也没回来，玛鲁什卡却每天都为她们祈祷。几年后的一天，一位英俊的小伙子来到这里，娶了善良的玛鲁什卡，他们过上了快乐幸福的生活。

神秘骑士

从前有一位国王，他有三个儿子和三个女儿。儿子们长得英俊潇洒，女儿们长得美丽大方。可美中不足的是，大儿子和二儿子我行我素，对父亲很不尊敬。

儿女们渐渐长大，国王的身体却一天不如一天。

“孩子们，我的日子不多了。我死了以后，你们要好好安葬我，在我的墓地守上三夜。第一天大儿子、大女儿去，第二天二儿子、二女儿去，第三天三儿子、三女儿去。”国王说完便安详地闭上了双眼。

儿女们为父亲举行了隆重的葬礼。

夜幕降临，遵照父亲的嘱托，大哥和大姐应该去墓地了。但是大哥不愿意去，便想说服两个弟弟去替他。可是二哥也不愿意去，而小弟弟却没有拒绝。

晚上，小弟弟和大姐一起去了墓地。

半夜突然刮起一阵大风，一架风火车从他们身边飞过，大姐被车上的人掠走了。小弟弟急得哭了半宿。

第二天早晨，小弟弟回到家，两个哥哥见他独自一人回来，便询问大姐去哪儿了。

“你们今晚去父亲的墓地就能找到答案了。”小弟弟伤心地说。

太阳落山了，二哥的心里开始发毛。由于平日里不听父亲的话，所以他害怕去父亲的墓地，就去找小弟弟帮忙。

小弟弟禁不住二哥的软磨硬泡，最后同意替他去。

小弟弟和二姐一同来到墓地，半夜时又刮起了大风，风火车再次出现，二姐也不见了踪影。小弟弟除了哭泣一点儿办法都没有。

清晨，小弟弟回到家，两个哥哥询问他二姐的去向。小弟弟不回答，只是心事重重地坐了一整天。

夜幕又一次降临，小弟弟犹豫是否还要去墓地，可又一想，父亲的话不能不听。

于是，小弟弟与三姐来到墓地。然而，三姐也是没有躲过劫难，风火车半夜飞来，将她带走了。

小弟弟悲痛欲绝，决定去寻找姐姐们。就在他要离开时，父亲的身影出现在他面前。

“儿子，只有你执行了我的遗嘱。现在我给你三支笛子，一支铜笛，一支银笛，一支金笛。你吹什么笛子，就能得到什么颜色的衣服和马。你一定要好好保管它们，不要让别人知道，要把它们用在关键时刻。你要记住，只有先经受苦难，才能得到幸福。”父亲语重心长地说完，就消失了。

小弟弟把笛子收好，回到王宫。

没想到趁小弟弟不在，两个哥哥密谋瓜分遗产，便拿三个姐妹的失踪说事儿。

“你这个废物，我们的姐妹哪儿去了，真应该把你杀了，就是留下你的性命，你也别想分到父亲的遗产。”两个哥哥冲着小弟弟骂道。

“只要饶我一命，我愿意去掏炉灰。”小弟弟哀求道。

就这样，小弟弟成了掏灰工，每天在王宫里掏炉灰。

邻国有一位美丽的公主，很多贵族少爷都去求婚，但她一个都没看上。

国王早就想把女儿嫁出去，但一直没有合适的人选。

“亲爱的父亲，婚姻要靠缘分，我倒有一个主意。”公主说道。

“快说，是什么主意?”国王急切地问道。

“城堡的高塔上有个回廊，我站在那里，手拿一个金苹果。如果谁能骑马跃上去，拿到我手中的金苹果，我就心甘情愿地嫁给他。”公主回答说。

国王非常赞同女儿的提议，立刻派人发布消息。

消息传到两个哥哥的耳朵里，他们兴奋极了，马上开始准备。

他们制作了华丽的服装，挑选了最好的马匹，又用黄金和钻石装饰了马笼头和马鞍。

见两个哥哥这么忙活，小弟弟便向厨师打听情况。

“这几天王宫里发生了什么事儿？”小弟弟问道。

“邻国有位美丽的公主，决定手拿金苹果站在高塔上，谁能骑马跃上去拿到金苹果，公主就嫁给他。你的两个哥哥想娶她，所以忙着做准备。”厨师回答说。

小弟弟听后，什么也没说，心里早有了主意。

哥哥们上路后，小弟弟开始洗漱，然后吹响铜笛。他的面前立刻出现了一匹铜马和黄色的衣服。小弟弟穿上衣服，翻身上马。

“马儿，追上两个哥哥时，你就用前蹄在他们的后背踢出一个印记，让他们记住这次经历。”小弟弟吩咐道。

铜马嘶叫一声，表示同意，然后飞奔而去。

一会儿工夫，他们就追上了两个哥哥。铜马抬起前蹄，在他们的背上踢出个马蹄印。

小弟弟来到城堡，见许多身着盛装的少爷们，正打量着塔的高度。

比赛开始了，少爷们跃跃欲试，但是都没有成功，其中也包括两个哥哥。

这时，小弟弟来到塔下，一收缰绳，铜马立刻腾空而起，一直飞到公主面前。小弟弟夺下金苹果，然后掉转马头，策马而去。

等到两个哥哥回来时，小弟弟早已换上了工作服，继续干活儿。

“喂，掏灰工，你知道我们去哪儿了吗？告诉你吧，我们见到了世界上最杰出的骑士。”大哥得意地说道。

“是吗，你们背上的印记，是怎么弄的？”小弟弟问道。

两个哥哥一时不知如何回答，马蹄印的事儿让他们感到耻辱。

邻国的国王和公主等了很久，夺走金苹果的骑士都没再露面。国王决定再次举行比赛，谁夺得了金梨，就把公主嫁给他。

听到消息，两个哥哥又开始忙碌了起来。

“他们又在干什么？”小弟弟问厨师。

“邻国的公主要嫁给夺得金苹果的骑士，可是他却不见了，国王只好重新宣布，谁能夺得金梨，就把公主嫁给他。你的两个哥哥还想去碰碰运气。”厨师回答说。

两个哥哥离开王宫后，小弟弟吹起银色的笛子，他面前立刻出现了一匹银马和一套银色的服装。

小弟弟换上衣服，上路了。

“马儿，追上两个哥哥时，你就用后蹄在他们胸前踢上个印记，让他们记住这次经历。”小弟弟吩咐道。

不一会儿，他们就追上了两个哥哥。银马扬起后蹄，踢在两个哥哥胸前。

骑着银马的小弟弟一出现，就吸引了所有人的目光。银马带着他像鸟儿一样腾空而起，飞到公主面前。小弟弟夺下金梨，然后转身离去。

两个哥哥回来时，小弟弟正在掏炉灰。

“喂，掏灰工，我们见到了一个银装银马的骑士。”二哥炫耀道。

“噢，但你们胸前的印记是怎么回事儿？”小弟弟问道。

两个哥哥顿时涨红了脸，无话可说。

国王和公主焦急等待，希望夺得金梨的银色骑士能够出现。

可是过了很多天，都不见银色骑士。

“父亲，我们只好再试一次。你叫人在院子里修一个高高的宝座，我坐在上面，谁能骑马跃到宝座上吻我一下，我就心甘情愿地跟他走。”公主提议道。

于是，国王下令修建了一个高高的宝座，并再次宣布了征婚条件。

两个哥哥听到消息，再次忙碌起来，无论如何也要去碰碰运气。

“他们又要去干什么？”小弟弟问厨师。

“夺得金梨的银色骑士不知去向了，国王只好叫人修建了一个高高的宝座，让公主坐在上面，说谁能骑马跃到宝座上吻公主一下，就把公主嫁给他。你的两个哥哥还要去碰碰运气。”厨师解释说。

小弟弟听后十分高兴，他心里清楚，除他之外，没人能跳到那么高的地方。

两个哥哥走后，小弟弟吹响了金笛。很快，一匹金色的马和一套闪着金光的衣服出现在他面前。

小弟弟穿上衣服，策马去追赶哥哥。

“亲爱的马儿，追上两个哥哥时，你要在他们的前额踢上一个马蹄印。”小弟弟吩咐道。

金马驮着小弟弟追赶上了哥哥，扬起蹄子在两个哥哥的前额上各留下了一个马蹄印。

金衣金马的小弟弟一出现，所有的人都立刻为他让路。

金马在院子里跑了两圈，然后腾空而起，飞到公主的宝座前。就在金色骑士要亲吻公主的瞬间，国王的一个谋士将一个花环抛到了他的头上。这个花环具有魔力，除了谋士外，没人能把它摘下来。

人们还没从惊讶中回过神儿来，金色骑士就消失了。

回来后，小弟弟又穿上了掏灰工的服装，不过他头上的花环却怎么也摘不下来。

为了不让哥哥们看见花环，他往头上撒了些炉灰，躲在角落里。

“喂，掏灰工，我们又看见了一个金色的骑士骑着一匹金色的马。”哥哥们一进王宫就炫耀起来。

“虽然我没看见，但也没损失什么。你们前额上的印记是怎么回事儿?”小弟弟不动声色地问道。

两个哥哥涨红了脸，觉得奇怪，他怎么会知道印记的事儿呢?

邻国的国王派出使臣寻找金色骑士，因为他头上的花环是摘不掉的，很容易辨认。

使臣们赶赴各地，仔细寻找。

一天，使臣们来到了小弟弟所在的王宫。

在向两个哥哥说明情况后，使臣们开始仔细查看王宫里的每一个人。

使臣们查遍了整个王宫，也没有发现戴花环的骑士。就在他们灰心丧气地准备离开时，躲在墙角的小弟弟引起了他们的注意。

“这个人我们还没有查验过。”一个使臣说道。

“他不过是个掏灰工，不会是你们要找的人。”大哥对使臣们说道。

“国王命令我们，哪怕是路边的乞丐，也要仔细查验。”使臣说着，把小弟弟从角落里拽出来，从他的衣服里找出了金苹果和金梨，还发现了戴在他头上的花环。

两个哥哥做梦也没想到，那个威武的骑士竟然是他们的小弟弟，顿时火冒三丈，恨不得立刻杀了他。

使臣们高兴极了，向小弟弟鞠躬行礼，请他一起回国复命。

小弟弟跑到门外，吹响金笛，唤出金马，跟着使臣们离开了。

后来，小弟弟恢复了王子的身份，和公主举行了盛大的婚礼。

婚后，他们过起了平静的生活。

一天晚上，小弟弟对妻子讲起了自己的家事。公主很想帮小弟弟找到失踪的姐姐们。

“亲爱的父亲，您就让我们去吧。”公主对父亲说。

“我的孩子，你们千万别去。”老国王好像有种不祥的预感。

公主再三请求，老国王只好同意。

“真拿你们没办法，那就去吧，不过要记住，路上遇到乞丐，千万别给他任何东西。”老国王嘱咐道。

父亲的话让公主感到奇怪，因为他向来慷慨大方。公主没有多想，只盼着早点儿上路。

小弟弟和公主乘着马车出发了，一路上遇到很多乞丐，但他们都没有下车。

这时，路边的一个老乞丐向他们伸出骨瘦如柴的手。公主立刻动了怜悯之心，把父亲的嘱咐忘在了脑后。公主掏出一个金币递过去，乞丐突然抓住她的手，把她拽下马车。

小弟弟赶紧跳下马车，但乞丐带着公主已经消失得无影无踪了。

“谁能找到公主，我重重有赏。”小弟弟伤心地对侍卫说道。

侍卫们面面相觑，沉默不语。

“既然你们都不去，那只好我自己去了。你们回去把事情的经过告诉国王，等着我找回公主。”小弟弟吩咐道。

小弟弟朝公主消失的方向走去，最后来到一个山洞前。

小弟弟沿着山洞往里走，越走越宽敞，越走越亮堂。

突然，他看见了一座亮着灯的小房子，便走上前去。

小弟弟来到房子前，敲了敲门，让他没想到的是，开门的竟是他失踪的大姐。

“啊，亲爱的小弟弟，怎么会是你？这里有危险，你要马上离开。我丈夫回来，会把你吃掉的。”大姐既惊喜又担忧。

“大姐，我不走，我要找到我的妻子，先找个地方把我藏起来吧。”小弟弟说着，向大姐讲述了事情的经过。

大姐刚把小弟弟藏进木箱，一条三头龙就进了屋。

“老婆，怎么有人的气味，快让他出来，我要吃了他！”三头龙说道。

“是我弟弟来拜访你了。”大姐解释道。

“他在哪儿，快叫他出来，给我们弄些好吃的。”三头龙吩咐道。

小弟弟走出来，对三头龙讲述了自己的遭遇。

“我不知道你的妻子在哪儿，但你可以去找我弟弟问问，他娶了你的二姐。带上我的信，他也许能帮助你。”三头龙对小弟弟说。

小弟弟很快来到了二姐家。

“小弟弟，见到你真高兴，但我的丈夫会把你吃掉的。”二姐显得很惊讶。

“二姐，先把我藏起来，你丈夫回来，就把这封信交给他。”小弟弟把信递给了二姐。

二姐刚把他藏好，六头龙就回来了。

“亲爱的，这里有你哥哥的一封信。”二姐说。

“你弟弟来了，快让他出来。”六头龙看完信急忙吩咐妻子。

小弟弟向六头龙讲述了事情的经过。

第二天，六头龙也交给小弟弟一封信。

“你去找我的弟弟，他娶了你的三姐。你把这封信交给他，也许他能帮助你。”六头龙对小弟弟说。

小弟弟走了一天，终于来到三姐家。

“小弟弟，你这是从哪儿来？真高兴见到你，但我丈夫会把你吃掉的，快走吧。”三姐见到小弟弟后十分激动。

“别怕，三姐，你先把我藏起来，再把这封信交给你的

丈夫。”小弟弟说着拿出信。

三姐刚把小弟弟藏好，九头龙就回来了。

“怎么有人的气味?”九头龙大声问道。

“二哥给你来信了。”三姐赶紧把信递过去。

“既然是你弟弟来了，那就让他出来吧。”九头龙看完信说道。

三个人共进晚餐，小弟弟讲述了自己的遭遇。

“我知道你的妻子在哪儿，但要救出她很难。前面有座山，山里住着一条恶龙，是他变成乞丐掠走了你的妻子。我给你一块儿宝石，关键时刻它能把你变成任何东西。现在，你去找你的妻子，让她想办法问出恶龙的魔力藏在哪儿。杀死恶龙后，你把它的血装进瓶子，因为我们都被恶龙施了魔法，只有手指沾上它的血，才能恢复人形。”九头龙叮嘱道。

小弟弟来到山上，很快找到了公主，让她设法问出恶龙的魔力藏在哪里，然后让宝石把自己变成一只苍蝇，躲在一根柱子后面。

不一会儿，恶龙回来了。

“我整天无事可干，连个说话的人都没有，十分寂寞。告诉我你的魔力藏在哪儿，以后由我来看管它，也算有个事儿做。”公主装出一副忧郁的神情对恶龙说道。

“离这儿不远处有一个湖，湖面上有只白鹅。它的体内有个鹅蛋，我的全部魔力都在里面。”恶龙回答说。

恶龙的话，被变成苍蝇的小弟弟听得一清二楚。

小弟弟来到湖边，取出白鹅腹中的蛋，回到公主那里。

小弟弟用鹅蛋朝恶龙打去，恶龙的脑袋顿时开了花。小弟弟取了一些血装在瓶子里，拉着公主迅速离开了。

他们来到三姐家，把恶龙的血拿出来。九头龙用手指沾了一点儿血，立刻变成了一个英俊的小伙子。

他们又来到二姐家，六头龙也恢复了人形。

大家一起来到大姐家。

“快骑到我的背上来，我把你们驮到阳光下，只有这样，恶龙的魔法才能彻底解除。”三头龙说道。

最终，三头龙也恢复了人形，大家十分感谢小弟弟。

小弟弟带着公主回王宫。他们途中听到了一个消息，邻国的两个王子为争夺王位，相互厮杀。据说他们还有个小弟弟，百姓们都希望他能继承王位。

小弟弟十分清楚，那个人就是自己。

小弟弟和公主回到王宫，人们欢呼雀跃。不久后，邻国执掌王冠的使臣前来求见小弟弟，希望他能回到自己的王国，可是，小弟弟却拒绝了。

老国王百年之后，小弟弟继承了王位。他把国家治理得井井有条，和公主过着幸福美满的生活。

金掌金羽金发

很久以前，一位农民有十二个儿子，最小的儿子叫杨科。哥哥们都不喜欢这个又矮又瘦的弟弟。

“现在你们都长大成人了，应该去外面闯一闯了。”一天，爸爸对儿子们说。

于是，十二兄弟一起来到另一个国度，在国王的庄园里干活儿。

年底时，国王问做了一年工的十二兄弟想要点儿什么。

“请您给我们每个人一头公牛吧。”十二兄弟商量后答复国王。

国王爽快地答应了。于是，他们每个人挑了一头健壮的公牛，高高兴兴地回家了。农民看到儿子们牵回了十二头健壮的公牛，笑得眼睛眯成一条缝儿。

“这算什么，明年我们还去！”十二兄弟拍着胸脯说道。

新年过后，十二兄弟又来到国王的庄园干活儿。年底时，他们带着十二头健壮的母牛，兴高采烈地回家了。

农民来到庭院，看到儿子们又挣回来十二头母牛，欣喜若狂。

十二兄弟见父亲如此高兴，便决定新年后再去为国王效力。

这已是第三个年头，工期一过，国王答应给十二兄弟每人一匹马，并让他们到马圈里自己挑选。

哥哥们很快就选好了自己喜欢的骏马，但杨科却选了一匹骨瘦如柴的小马。

“看得出你是个善良的人，一会儿你向国王要已放在阁楼上七年的那副马鞍，那样我就有了神奇的力量。”这时，小马竟然开口说话了。

原来，这是一匹神马。

国王赐给十二兄弟每人一副新马鞍，而杨科却说自己的马太小，只要已放在阁楼上七年的那副旧鞍。国王答应了他的要求。

哥哥们骑的马高大健壮，一出城就把杨科落得很远。杨科有些着急，催促小马快跑。

只见小马抖了抖身子，杨科和小马全身立即变成铜色。

正骑马前行的哥哥们忽然发现后面有人骑着一匹铜色的骏马飞快地超越了他们，连骑马的人都没看清。

哥哥们看呆了，纷纷议论，这么漂亮的马只有王子才有。不久，他们到达了一个小客栈，却发现杨科已经坐在桌子旁了。

“你怎么先到了？你如果和我们一起走，就可以看见一个王子骑着铜色的骏马奔驰。”哥哥们感到奇怪。

杨科沉默不语，饭后继续赶路，没走多远，就被哥哥们甩在了后面。这时，小马抖一抖身体，他们全身都变成银色，飞快地超过了哥哥们。

哥哥们只看到了一道银光闪过，根本没看清骑马的是谁。等哥哥们走进前面的小饭馆时，杨科已坐在桌子旁。

“难道是魔鬼把你带到这里来的吗？你如果同我们一起走，就能看见一个王子骑着银色的骏马飞奔了。”哥哥们对杨科说道。

饭后十二兄弟继续往家赶。见哥哥们跑到前面，小马又抖了抖身体，全身变成金色，闪电般超过了哥哥们。

“假如你同我们在一起，就能看见一个王子骑着金色骏马飞奔，可惜啊！”到家时，哥哥们刻意向已坐在炉前的杨科炫耀。

杨科仍旧沉默不语。

农民从地里干活儿回来，对儿子们带回的骏马赞不绝口。但是一看到杨科的马，农民的脸变得很难看，数落杨科选了一匹劣马。

“其实这匹马很不错的，以后你就会知道了。”杨科解释道。

晚饭后，农民说出了要给儿子们娶媳妇的想法。十二兄弟商量后告诉父亲，他们要娶一母所生的十二姐妹。农民觉得孩子们的话有道理，第二天一早就骑上马，给儿子们找媳妇去了。

农民走了很远，看见一个老太婆用六匹母马在耕地。

“老姐姐，您听说过哪儿有一母所生的十二姐妹吗？”农民走上前，问道。

“往南再走一小段儿路，看到的那家就有十二个姑娘。”老太婆回答农民。

可农民一走，老太婆马上就变了模样，骑上马抢先来到那座房子。原来，老太婆是个老妖婆，这里是她的家。

“听说，你有十二个女儿？我是来给我十二个儿子提亲的。我能见见你的女儿们吗？”农民问等候在那里的老妖婆。

老妖婆转身跑到马圈，用鞭子逐个抽打母马，立即变出十二个姑娘，并像赶马一样把她们赶出来。

农民一看这些姑娘个个貌美如花，心里非常喜欢，便同意了这门亲事。

明天就要结婚了。

一大早，十二兄弟兴高采烈地骑着马去接新娘。当他们走近新娘家的房子时，小马停住了脚步。

“你看我的眼色行事，我一敲门，你就出来。你把她们请你喝的第一杯葡萄酒泼在桌子下，把酒杯藏在口袋里!”小马嘱咐杨科。

杨科对小马的话充满疑问，但席间还是把酒杯偷偷藏在了口袋里。

这时，杨科听见小马敲门，便走了出来。

“喝汤时你把第一勺汤泼在桌子下，汤勺会变成刷子，你把它藏在口袋里!”小马再次嘱咐杨科。

杨科按小马的吩咐，将刷子装进了口袋。

没过多久，听见小马敲门的杨科又走了出来。

“一会儿你把第一块烤肉连同叉子扔到桌子下，将叉子变成的梳子藏在口袋里。”小马对杨科说道。

回到桌旁的杨科，藏好了梳子。

当所有人都吃饱喝足，天已经黑了，老妖婆就安排十二兄弟休息。兄弟们睡在一个房间，姑娘们睡在另一个房间。

刚睡着，杨科听见小马敲门，于是来到门外。

“你快把哥哥们和姑娘们互换一下，你自己也换个地方

躺下。”小马焦急地说。

杨科刚把哥哥们和姑娘们交换完房间，就看见老妖婆溜进原来兄弟们休息的房间，把床上躺着的人都杀死了。老妖婆以为杀死的是十二兄弟，心满意足地去睡觉了。

刚睡下，杨科又听到小马敲门，就走出门外。

“快让哥哥们离开这里，跑得越快越好。”小马催促杨科。

哥哥们被杨科叫醒，听说老妖婆要杀他们，吓得连滚带爬地骑上马逃跑了。看到哥哥们跑远了，杨科骑上小马腾空而起。

老妖婆一觉醒来，发现十二个女儿都被自己杀了，气得快要疯了。她骑上马去追赶，但十二兄弟早就跑远了。

“你们跑不了的，我要挡住你们!”老妖婆说着，随手掏出一个金马掌扔了出去。

杨科问小马是否应该捡起前面路上老太婆扔的金马掌。

“你捡起来会有麻烦，你不捡，那更糟。”小马对他说。

杨科跳下马，刚捡起金马掌，就看到老妖婆已经快赶上他们了。

“杨科，快把梳子扔到后面。”小马喊道。

杨科扔了梳子，只见背后出现一座茂密的山林。在老妖婆翻山越岭时，他们又走了很远一段路程。

老妖婆见扔金马掌没奏效，随手又把一片金羽毛扔了出去。小马让杨科捡起了前面路上的金羽毛。

眼看老妖婆又快赶上了，小马让杨科把刷子扔到地上。刷子变成了一片长满荆棘的丛林，挡住了老妖婆的路。就在老妖婆穿过丛林时，他们又走出很远。

老妖婆恼羞成怒，把一根金发扔了出去，只见金发轻轻地落在杨科前面的路上。

就在杨科俯身捡起金发时，老妖婆差点儿抓住小马的尾巴。

“赶快向后抛酒杯!”小马喊道。

杨科抛了酒杯，背后立刻出现一片大海。老妖婆的魔力达不到海的另一边。就这样，所有的人都幸运地逃回了家。

杨科因为救了哥哥们，一下子成了大家心目中的英雄。大家在一起快乐地生活了很长时间。

一天，杨科骑着小马独自离开了家，决定到外面去干一番事业，走了很久，才看见一座城。

“你去问城主，是否需要你给他干活儿？遇到难处时我会帮你的!”小马对杨科说道。

临近城墙，小马抖了抖身体，立刻变得骨瘦如柴。

杨科来见城主。

杨科领到照料马的差事，把小马拴在马圈的角落里。

因为城主的马较多，不分昼夜都要喂料，所以仆人们每个星期都需要一磅蜡烛。令人奇怪的是，杨科却不需要蜡烛。

城主骂仆人们，浪费了那么多蜡烛，马长得还不如杨科的好。

挨了骂的仆人们想搞清楚，杨科有什么本事不用蜡烛也能照亮。当天晚上，透过木板缝隙他们看见杨科拿出一个金马掌，马棚里顿时有了光亮。

第二天一早，城主听了仆人们的报告后，下令让杨科交出金马掌，否则就杀了他。

“小马，城主说如果不把金马掌给他，就下令杀了我。”杨科走进马圈，哭着说道。

“别难过，把金马掌给他!”小马回答。

就这样，城主得到了杨科的金马掌，并询问金马掌的来源。杨科说是在路上捡的。

“如果你不把掉下这个马掌的马牵来，我就砍了你的头。如果你牵来了，我会赏你一百个金币。”城主看着马掌，对杨科说道。

杨科回到马圈找小马商量该怎么办。

“你不用犯愁了，今晚把我喂好，明早我们就出发。”小马安慰杨科。

第二天天刚亮，杨科和小马就上路了，一路飞奔，天黑时来到老妖婆的房前。这时，老妖婆正在睡觉。

“你进屋取出老妖婆枕头下的马圈钥匙后，再把她身边的剑扔到墙角，最后把金马牵到这里，动作要快。”小马告诉杨科。

杨科按照小马的话，顺利牵走了金马。

“老妖婆，你把自己的女儿杀了，现在你的金马又被我牵走了。”杨科骑着小马，腾空而起，回头向屋里喊道。

老妖婆被吵醒，伸手取剑，但没摸到。她找到剑后，骑马追赶，却发现杨科和小马已经渡过了大海。

就这样，杨科顺利地给城主牵来一匹金马。城主每天骑着金马到处炫耀，对承诺给杨科一百个金币的事却只字未提。

杨科还像原先一样，为城主喂马，把小马拴在马圈的角落里。

令仆人们奇怪的是，没有金马掌的杨科还是不用蜡烛，喂的马还是长得最好的。

经过观察，仆人们又把杨科有金羽毛的事儿报告给了城主。

城主下令让杨科交出金羽毛的同时，还要找到掉下这片羽毛的鸭子。如果找到鸭子，杨科可以得到半个城作为奖赏。否则，他就会被杀死。

杨科回到马圈，哭着向小马陈述了事情的经过。

小马安慰杨科，说天亮就上路去找金鸭子。

天亮了，小马带着杨科翻山越岭，来到老妖婆的房前。

“金鸭子在第二个房间的金笼里，正在孵十二个鸭蛋。你进屋取出藏在老妖婆腰后的钥匙，把她身边的剑折成两段扔到院子里。你用钥匙打开房间后，把鸭子连同鸭笼一起带来。”天黑了，见老妖婆睡下后，小马吩咐杨科。

杨科按照小马的吩咐，提起鸭笼，将鸭子连同鸭蛋一起带到了小马跟前。

杨科提着鸭笼飞身骑上小马。

“老妖婆，我们现在带走了你的金鸭子。”杨科叫道。

“这次我一定要杀了你。”老妖婆从睡梦中醒来，边找剑边喊。

等老妖婆找到剑，又找铁匠把剑接好，发疯一样去追时，杨科和小马已跑到了海的另一边。

老妖婆就这样眼睁睁看着杨科又把金鸭子带走了。

城主非常喜欢金鸭子和金鸭蛋，却忘了曾答应要给杨科半个城。

杨科很委屈。

“你别烦恼了，要有耐心。”小马安慰杨科。

杨科没有办法，只好继续养马。他不点蜡烛，而他的马还是与众不同。

城主觉得杨科还有什么宝贝，就让其他仆人多留意杨科。没过多久，他们向城主报告，说杨科还有根金发。

城主叫来杨科，让他交出金发，否则就杀了他。

杨科走进马圈，向小马诉说自己的忧愁，小马让杨科把金发交给城主。

城主手里拿着杨科送来的金发，喜欢得不得了。

“你现在必须给我带来掉下这根金发的女子。如果你能做到，我就把整个城给你。否则，你将被处以绞刑!”城主一会儿瞧着杨科，一会儿瞧着金发，最后恶狠狠地说道。

杨科回到马圈，哭着对小马讲述了事情的经过。

“你别这么难过，把我喂饱喂好，我们明天就出发。”小马安慰他。

天一亮，杨科骑着小马上路了，天黑时来到老妖婆房前。

“老妖婆又在睡觉，金发姑娘在第三个房间里。你去取出老妖婆用牙齿咬着的钥匙，再把她的剑折断扔到窗外。你千万不要吻金发姑娘。”小马嘱咐杨科。

“老妖婆，你的金发姑娘跟我走了!”杨科骑马带着金发姑娘，向屋内大喊。

老妖婆跳起来找剑，但剑不知哪里去了。

当老妖婆到窗外捡回断剑，又叫人接好时，小马已驮着杨科和金发姑娘飞到了海的另一边。

老妖婆策马向海的对面飞去，可惜魔力根本到不了海的另一边，只飞到大海的中间就落下来，淹死了。

原来，金发姑娘是公主，被抓已有三年。

杨科带着金发姑娘回到了城主那里。

城主从来没见过这么漂亮的姑娘，便要娶她。可金发姑娘宣布，只嫁给解救她的人。城主又气又恨，心想如果杀了

杨科，就会梦想成真了。

“我想问你一个问题，如果有一天你必须死，想用什么方式去死呢?”城主想了很久，问杨科。

“我还不想死，所以没想过这个问题。”杨科回答。

“你必须回答，你只能选择死法。”城主很生气。

杨科吓坏了，立刻跑到马圈找小马。

“你别急，我有办法。你让他们把打来的河水用大锅烧开，就说你要跳进去烫死。到时，你借口与我告别，把我牵到跟前。”小马说道。

第二天，杨科来到城主面前，说自己想要烫死。

城主见杨科中了他的圈套，马上命人在院子里支起大锅烧水。

“我还有一事相求，我想与我的小马告别。”这时，杨科伤心地说。

城主答应了，命仆人牵来小马。杨科轻轻地抚摸着小马，等水烧开后，“扑通”一声跳进锅里。原来，小马在锅

旁深深地吸了一口气，把水中的热量全部吸入了自己的体内。

杨科不仅没死，而且全身都变成金色。城主一看，觉得太神奇了，也想全身变成金色，就催促杨科赶快出来。

还没等杨科站稳，城主就迫不及待地跳进了锅里。这时，小马一口气把全部热量都吐回水里。城主被活活烫死了。

忠实的小神马保护着杨科和金发姑娘一直到老。

杨尼克的宠物

在国王金碧辉煌的宫殿后面，寒酸的小草屋里住着一个寡妇和她的孩子杨尼克。善良的杨尼克每天放学后，都会去翻一翻王宫的垃圾堆，因为很多穷孩子都在那里有过幸运的经历。

这一天，杨尼克在一件旧衣服里竟然找到了三枚硬币。母亲问杨尼克准备用这几枚硬币做什么，杨尼克陷入了沉思。

第二天，在上学的路上，杨尼克听到动物发出的痛苦叫声。他走到近处，看见几个坏孩子正在虐待一只小狗。

“别打它了，我给你们一枚硬币。”说着，杨尼克掏出一枚硬币。

那几个坏孩子高兴地接过硬币，让杨尼克把小狗带回家了。

在杨尼克的哀求下，母亲同意留下小狗。

过了不久，在那条路上杨尼克又看见那几个坏孩子在虐待一只小猫。

“我给你们一枚硬币，你们把这只猫给我吧！”杨尼克忍不住可怜起这个被打得奄奄一息的小生灵。

那几个坏孩子拿了硬币，得意地笑着，把小猫丢给了杨尼克。他把小猫带回家，母亲特别生气。

杨尼克默不作声，现在只剩下最后一枚硬币了。

星期天杨尼克做完礼拜，从教堂出来，看见那几个坏孩子正在用藤条抽打着一条银白色带有花纹的小蛇。

“别打了，把它给我吧！”杨尼克看着被打得皮开肉绽的小蛇，心疼地说道。

“你肯给我们一枚硬币，我们就给你。”那几个坏孩子坏笑着说。

杨尼克有点犹豫，但还是把最后一枚硬币掏出来给了他们。

杨尼克带着小蛇来到家门前，怕母亲责怪，犹豫过后才硬着头皮走进那破旧的小屋。趁母亲外出，他的心情暂时放松了些，把小蛇放到炉边，同小狗和小猫放在一起，等着母亲归来。

杨尼克原本打算跟母亲撒个谎，说小蛇是自己跑来的。可是，等母亲回来，不会撒谎的他还是实话实说了。

“孩子，你有颗善良的心，这倒是让我感到高兴。”母亲阴沉着脸，叹息了半天，最后无可奈何地说道。

杨尼克像亲人一样照顾着那些宠物，为它们擦洗伤口，涂上消毒抗炎的野草汁。宠物们在他的精心照料下，都很快痊愈了。

每天杨尼克去上学，小狗和小猫都把他送到学校门口，然后依依不舍地回来。放学回来，小猫和小狗都争抢着为杨尼克开门，热情地亲吻着他的脚和裤腿。晚上，在昏暗的灯光下，小蛇趴在桌子的一角，静静地陪杨尼克写作业。

杨尼克觉得日子过得很快乐。

“杨尼克，我有些想家了，我驮着你去见我的父亲吧！”一天，已经长大的小蛇突然开口说话了。

杨尼克有些吃惊，但为了送小蛇回家，还是坐到了小蛇身上。小蛇腾云驾雾，所到之处，当地的蛇都跑来向小蛇鞠躬。

“杨尼克，我父亲是众蛇之王。你救了我的命，他会赏赐你的。但你要记住，你只要他小手指上的戒指。”小蛇告诉杨尼克。

小蛇和杨尼克轻触一块儿巨石。巨石打开了，出现一个山洞，洞内如同宫殿，金碧辉煌。

坐在华丽的宝座上的蛇王看到久别的儿子回家，无比高兴。蛇王子讲述了这段时间的经历，最后求父王赏赐杨尼克。

“孩子，你喜欢什么就拿吧！”蛇王对杨尼克说。

“我要你小手指上的那枚戒指。”杨尼克想起小蛇途中的嘱咐，回答道。

蛇王愣住了，犹豫再三，让杨尼克选择其他的金银珠宝。杨尼克一瞬间有些动摇，可想到小蛇的嘱咐，只好起身离开。

“等一等，我对你说过，你可以拿走你在这里看见的任何东西。既然你喜欢它，我也不能食言，但你要慎重使用。”蛇王有些惭愧，喊住杨尼克，把戒指递给了他。

小蛇送杨尼克走出蛇王宫殿，并对那枚戒指如何使用又进行了一番叮嘱。

杨尼克把戒指小心翼翼地套在小手指上，赶紧回家。途中，他按着小蛇说的方法，转动戒指三次，立刻有十二位巨人出现在他面前。

“年轻的主人，您有何吩咐？”巨人们毕恭毕敬地问道。

“给我母亲的小储藏室送六袋面粉，一桶羊奶酪，还要将六块咸肉挂在阁楼上。”杨尼克命令他们。

“遵命！”巨人们随即消失。

杨尼克回到家里，告诉母亲，他把小蛇送回它父王那里了，小蛇再也不回来了。

“我饿了，您能做点最拿手的咸肉奶酪疙瘩吗？”杨尼克央求母亲。

听到儿子提出的要求，母亲的脸暗了下来，因为家里已经揭不开锅了。

“您去小储藏室看看，也许能找到面粉。”杨尼克的眼里放着光芒，调皮地说道。

“找也是白找！”母亲反驳着，但还是起身走了出去。

母亲看到储藏室里真的有六袋白白的面粉，还有满满一桶奶酪，惊喜地尖叫起来。她拿了一些面粉和奶酪，搅拌在一起和匀，切成小疙瘩。

“哎，要是再有咸肉就好了！”母亲自言自语。

“您再到阁楼上去看看，也许在那里会找到咸肉。”杨尼克又调皮地说道。

母亲走上阁楼，看到那里挂着六块咸肉，高兴极了。

母亲做了很多咸肉奶酪疙瘩，母子二人吃得津津有味，连小狗和小猫也分到一点儿，它们都很感谢小蛇。

时光荏苒，岁月飞逝，杨尼克长成了一个英俊魁梧的小伙子。一天，杨尼克让母亲去向国王提亲，他要娶国王的女儿做妻子。

看着儿子那么自信，母亲只好来到宫殿请求国王。

国王了解了杨尼克家的情况后，心里暗自发笑，觉得这

妇人不自量力，不过他想戏弄他们一下。

“如果你儿子在天亮以前盖起一座宫殿，我就把女儿许配给他。”国王大声说道。

母亲回到家，把国王的话转达给了杨尼克。杨尼克没说什么，等母亲睡熟，他用戒指请出了十二位巨人，并命令他们在天亮以前盖一座比王宫还漂亮的宫殿。

“遵命！”巨人随即消失了。

杨尼克像平常一样躺下睡觉，当天亮醒来时，宫殿已经耸立在那里了。

母亲感到很奇怪，在杨尼克的催促下又去找国王了。

“我现在还不能把女儿许配给你儿子。如果他天亮前把那座石头山变成美丽的葡萄园，葡萄结出果实，再送一杯葡萄酒来给我品尝，我就把女儿嫁给他。”国王说道。

母亲又把国王的话转告给了杨尼克。

晚上，母亲睡着后，杨尼克又请出巨人。等早晨起床，一切都已准备妥当。国王品尝了葡萄酒，觉得口感很好，但还是不愿意把女儿许配给杨尼克。

“你儿子如果能再修一座桥，从我的宫殿通向他的宫殿，旁边种上各种果树，我就把公主许配给他做妻子。”国王又想出一项任务。

杨尼克把桥修好了，桥两边生长着果树。国王只好答应把女儿嫁给他，并决定第一天在国王的宫殿里举行宴会，第二天再到杨尼克那里举行。

国王感到奇怪和担心，因为出去打探的仆人回来报告，说杨尼克的宫殿为宴会没做任何准备。

客人陆陆续续地来到杨尼克的宫殿赴午宴。杨尼克走到外面，转动三次小手指上的戒指，桌子上满是佳肴，葡萄酒流得像小河似的。

婚礼结束后，公主表面上装得跟杨尼克很亲密，其实暗中在盯着他。她知道杨尼克有某种魔力，可是又不知道魔力在哪里，这使她很受折磨。

星期天，趁杨尼克喝醉熟睡，公主偷偷摘走了戒指，并戴到了自己的手指上。她着急地转动三次戒指，十二名巨人出现在她的面前。

“您有何吩咐，年轻的女主人？”巨人问公主。

“我命令你们，把这座宫殿移到黑海边，把我丈夫和他的母亲，还有狗和猫留在这里。”公主急切地说道。

巨人们点了点头，消失了，宫殿也随即消失了。

杨尼克一觉醒来，发现自己睡在露天里，宫殿和公主都不知道哪去了。再看看手指，戒指也不见了，他似乎明白了什么。杨尼克和母亲又回到了从前那破旧的小屋居住。

几天后，小猫和小狗一同来找杨尼克，说它们要去找戒指。杨尼克很感动，就答应了。小猫和小狗翻山越岭，四处打听那宫殿的下落。可是，那宫殿好像从世界上消失了，一点儿消息都没有。

经过长途跋涉，小猫和小狗来到黑海，看到杨尼克的宫殿就在不远处。小狗驮着小猫，游到了对岸的宫殿。

小狗藏进了厨房。天黑后，蹲在公主房间窗帘后面的小

猫，看见公主把戒指藏到舌头下面，安心上床睡觉了。午夜时分，小猫在公主鼻子底下摇摆毛茸茸的尾巴，弄得公主直打喷嚏，戒指“叮当”一声掉到地上。

于是，小猫捡起戒指，跑到厨房找小狗。

小狗很珍惜地把戒指含在嘴里，同小猫一起逃离宫殿，向对岸游去。这时，一只大鸟从头上飞过。小狗忘记了口中的戒指，兴奋地对着大鸟叫。

结果，戒指“扑通”一声掉进海里了。一条小鱼跃出水面，小猫捉住了它。值得高兴的是，戒指就藏在小鱼的腹中。

小猫和小狗回到了杨尼克的小屋，把戒指戴在了他的小手指上。从此以后，杨尼克不再吩咐巨人去执行国王各种各样随心所欲的旨意，而是让巨人专为百姓做好事。

玉米·杰克

很久以前有一对夫妇，农夫粗鲁，性情暴躁，很没教养，而农妇温柔贤惠，品德高尚。

一天，农妇在地里干活儿，突然听见了一阵哭声。循着声音，她找到一个弃婴。看着这个被遗弃的苦命孩子，好心的农妇决定把他带回家，正好她没有孩子。

没想到，农夫看见这个小东西却大发脾气，说什么也不肯收养他。农妇苦口婆心地劝丈夫，说孩子长大了可以帮家里干活儿，能顶一个雇工。

在农妇的苦苦劝说下，农夫终于同意收养这个孩子。因为孩子是在玉米地里捡到的，农夫给他取名叫玉米·杰克。

日子一天天过去，杰克长成了一个高大强壮的小伙子。为了报答父母的养育之恩，杰克无怨无悔地承担起地里最苦最累的活儿。农妇把杰克当作亲生儿子一样，非常疼爱他。可惜，杰克十五岁那年，农妇因病去世了。

从此，杰克的人生便陷入极度痛苦之中。

农妇死后，杰克悲痛欲绝，多亏村里一个叫伊露什卡的姑娘给了他很多安慰和鼓励，这才从极度的悲伤中解脱出来。

伊露什卡和杰克一样，也是一个孤儿。她的继母是村里出了名的恶毒女人，不仅让伊露什卡干这干那，还百般刁难她。

下午洗衣服的时间是伊露什卡感觉最快乐的时刻，因为这个时候她可以和杰克在一起。清澈的小河边，杰克看着羊群吃草，伊露什卡则边洗衣服边和他说笑。

伊露什卡洗完衣服，杰克就和她躺在草地上，望着蓝天上的白云，畅想美好的未来。沐浴在温暖的阳光下，呼吸着清新的空气，他们会忘掉一切烦恼。

杰克擅长吹笛子，每当他吹起竹笛，伊露什卡就会伴着美妙的笛声唱起醉人的歌。

在村里，伊露什卡是最贤淑、最漂亮的姑娘，杰克则是最强壮、最勇敢的青年。他们相互爱慕，但没有明言。在乡亲们的眼中，他们是天造地设的一对。

一天，杰克和伊露什卡手牵手漫步在夕阳下。夕阳美极了，他们坐在一块石头上欣赏。

突然，伊露什卡的继母出现了。她大发雷霆，大声指责伊露什卡偷懒不干活儿，说着抬手就要打她。

“你再虐待伊露什卡，小心我对你不客气！”杰克愤怒地站起来，挥舞着拳头。

看着杰克的神情，伊露什卡的继母知道他是认真的，不得已只好放下了手。

继母拽着瑟瑟发抖的伊露什卡回家，一路上喋喋不休地咒骂着。

看着伊露什卡离开，杰克才发现自己的羊群不见了，急忙四处寻找，可哪里还有羊的影子。

“是被狼吃了，还是被坏人赶走了？”杰克既难过又恐惧，不知道会面临什么样的责罚，垂头丧气地回到家。

农夫见杰克把羊群弄丢了，气得脸色发紫。

“羊呢，哪去了？”农夫厉声问道。

“我不小心把羊弄丢了。我一定赔您，会更加努力地干活儿……”杰克还没说完，农夫就抓起地上的一根木棒向他挥过来。

杰克躲过木棒，扭头就跑。农夫跑不过杰克，追了一会儿便累得气喘吁吁，骂骂咧咧地回家了。

杰克逃跑并不是因为害怕，农夫毕竟是他的养父，再说丢羊的事情确实是他的错。

杰克不敢回家，决定离开村子浪迹天涯，但又舍不下伊露什卡。他来到伊露什卡家门前，吹起笛子。

听到熟悉、忧伤的笛声，伊露什卡急忙从屋里走出来。二人隔着篱笆对视良久，谁都没有说话。

“我把羊弄丢了，养父大怒，我已经无法在这里待下去了。”杰克首先打破了沉默。

伊露什卡听罢忍不住泪如雨下。

“如果你看见风中摇曳的蓟草，就会想起我。”杰克痛苦地说道。

“如果你看见花瓣散落在地上，就会想起你不幸的未婚妻。”伊露什卡向杰克表明了心迹。

伴着微风，杰克头也不回地走了，他怕看见伊露什卡的眼泪，更怕伊露什卡看见他的眼泪。杰克不知道，这次分别何时才能相聚。

杰克的流浪生活就这样开始了。虽然风餐露宿，但得到了自由，他高兴极了。

杰克翻过高山，越过平原，游过大河，没日没夜地走了三天三夜。第四天晚上，他又累又饿，无意中来到一片森林。

杰克漫无目的地走着，突然发现前面有火光。他心中大喜，猜想这肯定是猎人的木屋。

杰克朝着火光走去，来到一座小木屋前。他哪里知道，这座小木屋其实是强盗的藏身之所。

强盗们正在大吃大喝，看见杰克进来，不由得一阵惊慌。他们把杰克当成了入侵者，拿起刀向他扑过去。

杰克站在门口，微笑地看着强盗们，显得非常镇定。强盗首领见杰克身强力壮，泰然自若，非常钦佩，命令属下住手。

“年轻人，千万不要认为我会放过你，我只不过是想让你多活一会儿。告诉我，你怎么有这么大的胆子？”强盗首领问杰克。

“我天生就什么都不怕。”杰克不假思索地回答说。

“杀掉你这样的人才实在太可惜了，弟兄们也会埋怨我的。你就跟着我干吧，有酒有钱有女人，多快活呀。你同意入伙，我就饶了你，否则就杀了你，你好好想想吧。”强盗首领发出一阵大笑。

杰克觉得受到了奇耻大辱，但他没有发作，反而爽快地答应了。

强盗们以为多了一个帮手，非常高兴，一个个喝得烂醉如泥，不一会儿就倒在地上睡着了。

杰克没有喝醉，他想赶紧找机会逃脱，突然看见了墙角处强盗们抢来的金子。有了这些金子，不仅可以赔偿养父的损失，还可以买地盖房，和伊露什卡结婚，过上幸福的生活。

杰克越想越高兴，但当把手伸向金子的时候，他又犹豫了——这些都是不义之财呀。

杰克是个善良淳朴的小伙子，认为不义之财绝不会给他带来快乐。趁着强盗们烂醉如泥，杰克一把火烧掉了贼窝。

在柔美的月光下，杰克又出发了。太阳刚刚升起的时候，他走出了森林。

在美丽的朝阳中，杰克看见一队骑兵走过来。在他眼里，世上最神圣的就是骑兵，他非常想成为他们之中的一员。

“你好，小伙子，这么好的天气，你为什么这么忧伤？”骑兵队长大声问道。

“长官，我孤身一人，漫无目的，无事可做，能不忧伤吗。如果能加入你的队伍，我会觉得是世界上最快乐的人。”杰克对骑兵队长说道。

“呵呵，天真的小伙子，你要知道，我们这可不是寻欢作乐，而是去拼命。黑暗王国的狗头国王用武力征服了黄金王国，我们此行是为了帮助他们赶走入侵者。”骑兵队长一脸豪气。

“如果你们是去作战，那我就更愿意和你们在一起了。我非常希望能和你们并肩作战。”杰克态度坚决。

骑兵队长十分喜欢这个勇敢的小伙子，命令士兵给了他一匹战马和一套骑兵制服。杰克穿着军装，骑着战马走在队伍中间，心里非常高兴。

队伍向黄金王国挺进。穿越冰川时，士兵们伏在马背上保持体温；经过高地时，他们又必须在夜间行进，白天则躲进山洞，以免被太阳烤焦。夜里行军非常危险，战马经常会被绊倒。

人们常说，地上有一个人，天上就有一颗星。夜间行军的时候，杰克经常会凝望夜空，寻找属于伊露什卡的那颗星星。

越过高地，骑兵们来到了黄金王国。

黄金王国是一个美丽的国度，满地都是珠宝玉石。王国里的每一个人都非常快乐幸福，根本不懂痛苦的含义。

黑暗王国的狗头国王非常眼红，带领军队占领了这个美丽的地方。

骑兵们赶到的时候，侵略者正在屠杀百姓，掠夺财宝，焚烧房屋。百姓们生活在水深火热之中，就连黄金国王都准备逃离此地。

黄金国王带着幸存的百姓正准备出逃，遇上了来此救援的骑兵们。

骑兵们非常同情黄金国王，更怜悯受苦受难的百姓。

“狗头国王的儿子抢走了我的女儿，谁能救回她，我就把公主嫁给他，并且让他继承王位。”黄金国王说道。

骑兵们听了，个个兴奋异常，都想得到公主。只有杰克不这么想，他的心里只有伊露什卡。

经过一夜休整，第二天，骑兵们呐喊着向狗头国王的军队发起进攻。狗头国王勃然大怒，命令士兵摧毁沿途的所有建筑，杀光沿途见到的所有黄金王国的百姓。

杰克非常勇敢，冲在最前面。狗头国王看到杰克很难对付，便挥起大刀向他扑来。两人战了几个回合，杰克最终手起剑落，结束了狗头国王的性命。

黑暗王国的士兵见国王已死，丢盔弃甲，狼狈逃窜。骑兵们乘胜追击，准备彻底消灭侵略者。

在追赶侵略者的途中，杰克发现一个狗头怪物挟持着一个姑娘逃窜，立即追了上去。

“站住，要想活命就停下来。”杰克大声喊道。

狗头怪物看见正气凛然的杰克，立即下马跪地求饶。

杰克得知这位姑娘就是黄金王国的公主，立刻带着她赶回王宫。

狗头国王被杀，侵略者逃窜，黄金王国又恢复了往日的欢乐。国王在王宫里设宴，款待远道而来的骑兵们。

宴会正在进行，杰克带着公主平安归来，国王非常高兴。

“小伙子，你叫什么名字？”国王问道。

“我叫玉米·杰克，虽然名字有点儿土，但我很喜欢这个称呼。”杰克回答说。

“我要赐给你一个最适合你的名字，从今天起，你就叫勇敢的约翰。约翰，你不畏牺牲，救了我的女儿，我一定会履行诺言，将公主许配给你，并把王位传给你。我已经老了，坐不了多久的王位了。如果你同意，我会亲手为你戴上王冠。”国王脸上挂着笑容。

“尊敬的陛下，谢谢您的好意，只是我无法遵从您的旨

意，我的未婚妻还在家乡等着我。如果背弃了她，我会一辈子良心不安的。”约翰拒绝了国王的好意。

“你不只是勇敢的约翰，还是诚实的约翰。在王位和公主面前，你也不忘自己的诺言，真是难能可贵。那就不为难你了，不过你可以把你和你未婚妻的故事讲给我听听，我很喜欢听英雄的故事。”国王非常感动。

于是，杰克讲述了他悲惨的过去。

“我们没承诺过彼此要遵守诺言，但是在我们俩的心里，都深信对方，深信这份爱。”杰克最后说道。

在场的人无不为杰克的故事所感动。公主低着头，偷偷哭泣着。

几天后，杰克告别国王、公主和战友们，准备返回家乡。临行时，国王送给杰克满满三袋金子和一些珠宝，还特地派了一条大船护送他。

离家乡越来越近，杰克的心也跳得越来越快，渴望见到伊露什卡。突然，乌云密布，轰隆隆的雷声响起，海上刮起了可怕的风暴。

巨浪涌来，船猛地撞到一块礁石上，断裂成几截。水手们落水而死，而杰克被巨浪抛到空中，落到一片乌云上。乌云飘呀飘，飘到一座高山上，杰克纵身一跳，成功落地。

他环顾四周，想看看有没有可以下山回家的路。突然，他看见了一个鸟巢，一只秃鹰正在里面酣睡。杰克不假思索地跳上鹰背。秃鹰被惊醒，发觉有人骑在自己背上，勃然大怒，飞上天空，拼命抖动身子，想把杰克甩下去。杰克紧紧抓住羽毛，伏在秃鹰的背上。

秃鹰见甩不掉杰克，便加快速度，直到筋疲力尽才落到地上。

杰克跳下秃鹰的背，高兴地大叫一声，原来他看见了家乡。

“亲爱的伊露什卡，我虽然没有带回金银财宝，但把我最宝贵的心给你带来了。我就要到了，亲爱的伊露什卡，亲爱的伊露什卡……”杰克一边赶路，一边喃喃自语。

终于，熟悉的村子近在眼前，杰克怀着激动不安的心情敲响了伊露什卡家的大门。

嘎吱，门开了，可开门的是一个陌生人。

“怎么回事？”杰克愣住了。

开门的年轻女子问明杰克的来意，将他让进屋。年轻女子告诉杰克，他走后不久，伊露什卡就死了，是被她恶毒的继母折磨死的。伊露什卡一直惦记着自己心爱的人，临死时还呼唤着爱人的名字。那个狠毒的继母后来也离开了村子。

杰克悲痛欲绝，跑到伊露什卡墓前失声痛哭。

哭着哭着，杰克看到伊露什卡墓前长出了一朵鲜红的玫瑰花。他小心翼翼地把花摘下来，呆呆地望着。

“美丽的花儿呀，你是伊露什卡的化身，是吗？你将是我今生唯一的伴侣，我要你陪着我一起流浪，一起变老，直到死去。那时，我们就再也不分开了。”杰克深情地对玫瑰花说道。

从此，在玫瑰花的陪伴下，杰克又开始了流浪。他一心想去另外一个世界陪伴伊露什卡，因此做了很多冒险的举动。他斩杀了无数祸害百姓的怪物，成为人们心目中的大英雄。

一天，杰克来到一个岔路口，一时不知该走哪条路。一个捡柴的老婆婆走来，他上前问路。

“小伙子，如果你爱惜自己的性命，就走左边的路。右边这条路通往巨人国，所有进入巨人国的人，都会被踩死。”老妇人好心指点杰克。

“谢谢你，老婆婆，不过，我很想去见识一下这个恐怖的巨人国。”杰克立即做出了选择。

杰克来到一条宽阔湍急的河流前，对岸就站着巨人国的哨兵。

看见杰克靠近，哨兵一步跨过河，打算将他踩死。杰克立即举起宝剑，剑尖朝上，哨兵来不及收脚，踩到了剑上。他疼得龇牙咧嘴，不一会儿就倒下了。他的身体横在河上，仿佛一座桥，杰克就这样踩着哨兵的尸体进入了巨人国。

杰克径直来到国王高耸入云的城堡下。他仰望着城堡，好奇心大发，很想进去看一看。

杰克走进一座金碧辉煌的宫殿，看见国王和大臣们正在用餐。令人惊讶的是，他们的食物居然是大块的花岗岩。

“你们好，胃口不错呀。”杰克调侃道。

“你这个小不点是怎么进来的？不过既然赶上了，就和我们一起吃吧，否则我就把你撕碎，用你的肉做调料。”国王大声说道。

“好吧，就给我一小块，我先尝尝。”杰克一副毫不在乎的样子。

国王将一块花岗石敲碎，递给杰克。一想到杰克吃石头被硌掉牙的狼狈相，他不禁得意地大笑起来。但是，他高兴得太早了，杰克拿着石块，用力砸向国王的脑袋。

国王倒地而死。

“你们的石头饭味道不错！”杰克笑着说道。

巨人们看见国王死了，纷纷跪地求饶，说愿意拥戴杰克当国王，永远做他忠实的奴隶。

“好，我同意当你们的国王，但我不能经常待在这里。你们必须答应我一个条件，无论我在哪儿，只要需要你们帮助，你们就必须立刻出现。”杰克提出了条件。

巨人们异口同声地答应了。他们给了杰克一支笛子，说只要需要帮助，吹一下笛子，他们就会立刻出现在他面前。

杰克将笛子别在腰间，告别巨人们，又开始了新的旅程。他走啊走，越往前走，四周就越黑。

“是天色已晚，还是我的眼睛出了问题?”杰克想。

其实既不是天色已晚，也不是杰克的眼睛出了问题，而是他来到了一个神奇的国度——黑暗王国。太阳、月亮和星星永远也照不到这个地方，一群女巫住在这里，空中不时有女巫骑着扫帚飞过。

杰克继续向前走，突然发现了一堆火。在火光照耀下，他走进一个山洞。山洞里，一群女巫正在忙碌着。

女巫们围着一口大锅，正在配制毒药。她们一边念着咒语，一边往锅里扔癞蛤蟆、老鼠头、猫尾巴、蛇、骷髅等污秽的东西。

看着这些恶毒的女巫，杰克决定消灭她们。他偷偷拿走了女巫们放在洞口的扫帚，然后吹响笛子，唤来一些巨人。

杰克和巨人们突然动手，女巫们乱作一团，全部被杀死了。说来也怪，每杀死一个女巫，天空就亮一些，杀死最后一个女巫，天就完全亮了。最后被杀死的女巫正是伊露什卡的继母。

杰克一眼就认出了她，看到这个恶毒女人终于受到了惩罚，他感到无比欣慰。

杰克告别巨人们，继续往前走。他来到海边，看见一个渔夫正在修补渔网，便请求渔夫渡他过海。

“年轻人，不是我不帮你，这个海叫无边海，无边无际的海怎么能渡过去呢？”老渔夫解释道。

“你说渡不过去，那我非要过去！”杰克不服气。

他用笛子唤来一个巨人，命令巨人把他送到对岸。巨人将杰克扛在肩上，在海里游了三个星期。

“哇，终于要到对岸了！”杰克远远看见了陆地。

“主人，这不是对岸，只是一座岛屿。”巨人打断了杰克的话。

“这是什么岛？”杰克问道。

“这座岛叫仙人岛，上面有个王国，叫仙人国。仙人岛是世界尽头的一个岛屿，再往那边，就是无边无际的宇宙了。”巨人回答说。

“送我去岛上，我要看看。”杰克命令道。

“可以。不过看守仙人国国门的都是些凶猛的野兽，我怕它们会伤害你。”巨人有些担心。

但杰克坚持要上岛，巨人只好照办。

杰克来到仙人国的第一道门，守门的是三头凶猛的熊。他二话没说，挥剑就将它们杀死了。

杰克来到仙人国的第二道门，守门的是一头凶恶的狮子。经过一天的激战，狮子也被杰克杀死了。

杰克又来到第三道门，守门的是一条巨龙。巨龙非常可怕，人只要看它一眼，血管里的血就会凝固，除非是真正勇敢的人，而杰克恰恰就是这样的人。

他知道，这么一个庞然大物，手中的剑是对付不了的。正琢磨该如何应对，巨龙张开血盆大口向他猛扑过来。

杰克急中生智，嗖地一下跳进龙嘴，钻进它的腹中。他找到巨龙的心脏，用宝剑将它砍得稀巴烂。只听巨龙一声长啸，挣扎了几下就死了。杰克从巨龙的腹中钻出来，深深地

舒了一口气，朝仙人国走去。杰克知道，漫长的流浪生活，如今应该到达尽头了。

仙人国春光明媚、美丽如画，处处回荡着美妙的歌声。仙女们热情地欢迎杰克到此。

在这个无忧无虑的国度，杰克不禁悲从心来，想起了死去的伊露什卡。

仙女们把杰克领到一个美丽的湖畔，说这里是生命之湖，死去的人只要进入生命之湖，就会立刻复活。

杰克一听，大喜过望，赶紧从口袋里掏出玫瑰花。

“伊露什卡，我的爱妻，赶紧进入生命之湖吧。”杰克将玫瑰花轻轻扔进湖里。

奇迹出现了，伊露什卡真的复活了。

杰克欣喜若狂，跳进湖里，将伊露什卡抱上岸。后来，杰克做了仙人国的国王，伊露什卡做了王后，他们过上了幸福美满的生活。

拴着金链子的狗

一天，国王检查当年的税收情况，发现除了巴士拉地区，其他地区的税收都已进入国库。

国王非常生气，马上召集大臣商议。

“各地的税收都已经入库了，为什么巴士拉地区的还没有交上来？太不像话了！”国王生气地问大臣。

“尊敬的国王，我马上派人去催。”大臣胆战心惊地回答说。

大臣回到家，给巴士拉省长法兹里写了一封信，随后把收税的任务交给大臣伊斯哈格。

伊斯哈格接到命令，拿着信，带着五千人马，浩浩荡荡地前往巴士拉地区。

法兹里率队出城迎接伊斯哈格一行。伊斯哈格对法兹里说明了来意。

“税金已经准备好了，原本准备明日上交。不过，既然您已经来了，就多住几天，然后再带上税金和礼物回去也不迟。”法兹里劝道。

伊斯哈格愉快地接受了邀请。晚上，他们在一个房间里休息。关灯后，伊斯哈格翻来覆去睡不着。这时，他忽然发现，法兹里从柜子里拿出一条皮鞭，然后蹑手蹑脚地走了出去。

伊斯哈格感到非常好奇，悄悄地跟在后面。他看见法兹里端着一个装满食物的托盘，走进一个房间。两条狗被金链子拴在一张金灿灿的象牙床上。

法兹里放下托盘，把一条狗捆起来，拿出皮鞭狠狠地抽打，直到狗晕死过去。接着，他用同样的方法对待第二条狗。这一切做完之后，他又真诚地向它们道歉，再把带去的食物喂给它们吃，然后收拾好东西，离开了房间。

一连三天晚上，法兹里都去折磨那两条狗，这被伊斯哈格一一看在眼里。

第四天，伊斯哈格带着税金回到巴格达，向国王汇报了税收情况，还忍不住把这个秘密也说了出来。

“你去把法兹里和那两条狗给我带来。我要当面问清楚这件事。”国王命令道。

“尊敬的国王，还是不要让我去了吧。法兹里是我的朋友，我怎么好意思当众揭穿他的秘密呢？”伊斯哈格为难地向国王请求道。

“这件事儿必须你去办，如果你敢违抗命令，我就杀了你！”国王严厉地说道。

伊斯哈格只好再次前往巴士拉。

法兹里见到伊斯哈格，既感到意外，又觉得紧张，不知道究竟发生了什么事。

“法兹里，有一件事儿，希望能够得到您的谅解，请相信，我不是故意的。”伊斯哈格抱歉地说。

“没关系，无论发生了什么事儿，我都不会怪你，因为我们是朋友。”法兹里说道。

“我上次来的时候，发现了一件奇怪的事儿。连续三天夜里，您都去抽打两条狗。折磨完之后，您又给它们好吃好喝的，还在它们面前忏悔、道歉。我无意中跟国王说了这件事儿，国王命令我带您和那两条狗去见他。”伊斯哈格小心翼翼地说。

“你既然是我的朋友，我就随你去一趟，免得国王为难你。”法兹里显得很重义气。

法兹里用金锁链拴着两条狗，跟着伊斯哈格去见国王。

“说说吧，你为什么要鞭打那两条狗，之后为什么又要向它们道歉?”国王问道。

“尊敬的国王，其实这两条狗是我的两个同胞哥哥。”法兹里恭恭敬敬地说。

“狗又不会说话，怎么能证明你说的话是真的呢？”国王有些不信。

“亲爱的哥哥们，如果我说的是真话，你们就低下头，闭上眼睛。”法兹里对两条狗说。

两条狗立刻低头闭上眼睛，表示他说的是真话。法兹里开始讲述往事。

我的父母生了三个儿子。我是最小的，大哥叫曼稣尔，二哥叫纳绥尔。

父母给我们留下了六千金币，还有房屋和店铺。父亲去世后，在大家的见证下，我们将财产平均分成三份，各自谋生。

房屋和店铺归了我，两个哥哥得到了金币和布料。我们都很满意。

从此以后，我老老实实地经营店铺。两个哥哥带着布料，搭船去海外做生意。我的生意越做越好，赚了很多钱。

有一天，两个哥哥破衣烂衫地出现在我面前，样子非常狼狈。我赶紧带他们去洗了澡，吃喝了一顿。

两个哥哥告诉我，他们搭船出海，做了一笔大买卖，赚了很多钱。

“既然赚了那么多钱，怎么又变成了现在这个样子？”我感到很奇怪，忍不住问道。

“我们在海上遇到暴风雨，所有的钱财都沉入了大海。幸好有船经过，救了我们一命，我们才侥幸活着回来。”两个哥哥叹息道。

我很同情两个哥哥，把赚的钱分成三份，让两个哥哥重新过上好日子。

我帮两个哥哥开了店铺，赚的钱都归他们，而生活费全部由我承担。可是，他们却野心勃勃，总想去外面闯荡，并一再劝我一起去外面做生意，赚大钱。

在两个哥哥的一再鼓动下，也为了满足他们的心愿，我决定和哥哥们一起去外面闯荡。

我们采购了很多名贵货物，带了很多食物，从巴士拉乘船出发。每到一座城市，我们卖掉带去的货物，同时采购当地的名品。生意很顺利，我们赚了很多钱。

一天，我们在航行中遇到一个岛，船长命令停船，让大家去寻找淡水。

我在岛上看到一条粗大的黑蛇拼命地追赶一条白蛇。黑蛇张开大口，咬住白蛇。我捡起一块大石头，向黑蛇砸去，救了白蛇。白蛇一转身竟变成了一位美丽的公主。

“谢谢你的救命之恩，我会报答你的。”公主说完，用手一指，地面立刻出现一条裂缝。

公主跳了进去，地面又恢复了原来的样子。

我带着惊奇的心情回到船上。

我们在海上漂了二十天，因为没有淡水，只好弃船去陆地上寻找水源。我登上山顶，看见远处有一个城市。

“那里一定有淡水。”我想。

我兴奋地招呼大家一起去，可谁都不愿意去。没有办法，我只好一个人去了。

走到城门前，我看见一个人坐在石凳上，手臂上挂着一大串钥匙。

“他应该是看守城门的人。”我想。

我走上前礼貌地搭话。可是，这个人却不理我。我一连问候了三次，可是守门人仍坐在那儿一动不动。

我觉得很奇怪，伸手碰了他一下，却惊奇地发现，原来这是一个和真人一模一样的石头人。

我继续在城里走，看到一位老奶奶，再仔细一看，她也是个石头人。

我走进食品市场，发现小贩和他们贩卖的商品全是石头做的。

“这是怎么回事呢？”我非常奇怪。

我看到一个装钱的布袋，伸手一摸，布袋立刻变成了粉末，但钱却是真的。

我走进一家店铺，挑了几件名贵的珠宝装起来，继续向前走，走进一个金碧辉煌的宫殿。正中的宝座上，坐着一位衣着华丽、戴着一顶王冠的石头人。我又走进后宫，看见一个王后模样的石头人坐在一把椅子上。她头戴珠宝凤冠，身边围着一群石头仆人。这座宫殿就像是一座宝库，随处可见价值连城的宝贝。

在一个大门旁，我发现了一个阶梯，顺着阶梯上去，听到楼上传来悦耳的朗诵声。我循声走去，看见一位美丽的姑娘坐在房间里。

只看了姑娘一眼，我便喜欢上了她，情不自禁地想要接近她。

“怎么和她搭话呢?”我犹豫着。

姑娘突然抬头看了我一眼。我顿时慌了，把想好的话全忘了。

“美丽的小姐，您好。”我终于鼓起勇气。

“欢迎你的到来。”姑娘彬彬有礼地回答说。

“美丽的小姐，这里都是石头人，为什么只有你还活着?”我感到很意外。

“先别急，坐下来，让我慢慢讲给你听!”姑娘回答说。

姑娘的父亲是这里的国王。他的脾气很暴躁，很多人都害怕他，却又不敢说什么。

一天，一个陌生人来到国王面前。

“你是一个国王，应该有一颗善良的心，必须改掉你的坏脾气。”陌生人严肃地说。

“大胆的家伙，你竟敢这样和我说话，就不怕我惩罚你吗？”国王非常生气。

“你想怎么惩罚我？”陌生人微笑着问道。

在国王眼中，他的宝贝拥有神奇的力量。他命令手下将宝石、钻石、玛瑙和珊瑚一股脑儿都搬了出来。

“神奇的宝贝，快把这个陌生人赶跑吧。”国王对宝贝们说道。

可是所有的宝贝都一动不动。

“神奇的宝贝呀，你们怎么了，都睡着了吗？求求你们，快快醒来吧！”国王有些着急了，用近乎哀求的口吻说道。

“你不要再欺骗自己了，宝贝是帮不了你的。”陌生人说完，挥手打碎一件宝贝。

“你竟敢打碎我的宝贝。把他给我抓起来，杀了他！”国王暴跳如雷。

“既然你不愿意做一个善良的人，那就连同你的手下一起变成石头人吧！”陌生人的话音刚落，城里的人就都变成了石头人。

躲在一旁的姑娘看到了一切，于是跟陌生人说，自己愿意做一个善良的人，因此只有她一个人没有变成石头人。

陌生人为她种下一棵石榴树。石榴树瞬间就长大了，然后开花结果。姑娘靠石榴树上的果子维持每天的生活。

“有一天，一个叫法兹里的人会来这里，他将会成为你的丈夫，你要耐心地等待。”陌生人对姑娘说。

听了姑娘的话，我高兴极了，原来姑娘一直在等着我。

我带着美丽的姑娘和财宝回到船上，将带回来的财宝平均分成四份，自己留一份，给两个哥哥每人一份，剩下的一份分给了船上的伙伴们。大家都非常高兴，只有两个哥哥很不开心。

“你打算怎么打发这个美丽的姑娘？”曼稣尔问道。

“我要娶她为妻。”我回答说。

“我很喜欢这个姑娘，能让我娶她吗？”曼稣尔试探着问。

“我已经和她约好了，不能伤她的心。”我的态度十分坚决。

听了我的话，两个哥哥也就不再说什么了。

接下来的日子，船向巴士拉行驶。我每天给姑娘送吃的，晚上就和两个哥哥睡在船舱外面。

船在海上行驶了四十天，马上就要到巴士拉城了。一天夜里，两个哥哥趁我睡着，一个抱头，一个抱脚，把我扔进了海里。

后来，我被一只大鸟救起，来到一座漂亮的宫殿。大鸟摇身一变，成了一位公主。我仔细一看，原来是我曾经救下的那条白蛇。

“你还记得我吗？我叫塞欧黛，是红王的女儿。看到你被两个哥哥扔进海里，我便救下了你。”公主转头对我说。

塞欧黛的父母送给我很多华丽的衣服，还有很多珍贵的珠宝。

塞欧黛带着我和礼物，一起飞出了宫殿。

此时，两个哥哥正装出一副很痛苦的样子，哭哭啼啼地对船上的人说，弟弟不小心掉进海里淹死了。

就在他们得意扬扬的时候，塞欧黛带着我回到船上。

“可恶的家伙们，你们自己挑一个死法吧。”塞欧黛厉声对哥哥们说道。

两个哥哥听了，非常害怕，苦苦哀求我救救他们。我替两个哥哥求情。塞欧黛答应留他们一命，但一定要惩罚他们。她取出一个装水的瓶子，念动咒语，然后将水洒到哥哥们的身上，两个哥哥瞬间变成了两条狗。

“你回去之后，给他们套上枷锁。每天深夜，你都必须用鞭子抽打他们。否则，我就惩罚你。”塞欧黛对我说。

就这样，我牵着两条狗回到了巴士拉。谁都不知道，这两条狗竟是我的两个哥哥。我回到家，便把打狗的事情忘到了脑后。

深夜，塞欧黛突然出现在我面前。

“你为什么不去打他们?”塞欧黛生气了。

不等我解释，塞欧黛就取出鞭子，凶狠地抽了我一鞭，然后又去抽打两条狗。从此以后，我就再也不敢心存侥幸了。到现在，已经十二年过去了。

国王听了故事，感到非常意外，也很同情这两条狗的遭遇。

“你的哥哥们已经受到了惩罚，你愿意原谅他们吗？”国王问法兹里。

“每次打他们，我心里都很难受，当然愿意原谅他们。”法兹里回答说。

“那么，今夜你就不用去打他们了，我来为他们恢复本来的面目。”国王说道。

“尊敬的国王，如果我不去打他们，塞欧黛就会来打我，然后再打两个哥哥。”听了国王的话，法兹里立刻紧张起来。

“不用担心，我给她写封信，她看了信就不会打你了。”国王说道。

法兹里听从国王的话，回家后将锁链从狗脖子上取下来。两条狗围在他身边，用脸蹭他的腿和脚，仿佛是在表达对他的感激之情。

晚饭时，法兹里把两条狗留下，共进晚餐。

一个堂堂的官员，竟然和两条狗一起吃饭，仆人们都对此感到不可思议。

更令他们吃惊的是，吃完饭，法兹里去洗手，两条狗也把爪子伸进水盆。所有的仆人都觉得好笑，但又不敢笑。

深夜，塞欧黛出现在法兹里面前。

“我们的国王给您写了一封信。请您一定要看完信再做决定。”法兹里急忙对她说道。

信中，人类的国王向塞欧黛求情，请她放过法兹里的两个哥哥，将他们变回人形。

“这件事我要回去问一下我的父亲，听听他的意见。”看完信，塞欧黛对法兹里说。

回去后，塞欧黛把信交给父亲红王。

“你去把那两条狗恢复原形，告诉他们，是人类的国王救了他们，让他们以后不要再做坏事了。”红王看完信认真地对女儿说。

“父亲，如果我们不听他的话，又会怎么样呢？”塞欧黛忍不住问父亲。

“人类的力量非常强大。你还是快去放了那两条狗吧，免得惹来灾祸。”红王的态度很坚决。

塞欧黛回到法兹里身边，从衣服里取出一瓶水，洒到两条狗的身上。

两个哥哥恢复了原本的样子，跪在法兹里面前请求原谅。

“快告诉我，我从石头城带回来的那个姑娘现在在哪儿？”法兹里看到两个哥哥恢复了人形，连忙问道。

“听说我们把你扔进了大海后，她也纵身跳入海中。”两个哥哥低头小声说道。

法兹里伤心地哭起来。可是埋怨两个哥哥已经没用了，法兹里只能在心里祈祷，希望美丽的姑娘平安无事。

为了庆祝两个哥哥恢复人形，法兹里为他们买来最好的衣服，准备了丰盛的宴席。

第二天，法兹里领两个哥哥去拜见国王，感谢国王让他们兄弟三人重新团聚。国王夸奖法兹里心胸宽广，能够原谅两个哥哥的过错，同时，也严肃地批评了两个哥哥。

两个哥哥赶紧向弟弟道歉，承认错误。国王看了很高兴，赏给他们很多财宝。

兄弟三人高高兴兴地回家了。

法兹里分配给两个哥哥很多仆人和侍卫，让他们和自己一样，拥有财富和权力。

“以后你们就和我一样了。你们一定要有善良的心和宽广的胸怀，要主持公道，不要欺负他人，不要贪图别人的钱财。只有这样，我们才能对得起国王，也才能让大家信服我们。”法兹里对两个哥哥叮嘱道。

然而，由于嫉妒，两个哥哥再次产生杀害弟弟的念头。

“法兹里总是命令我们，只要他活一天，我们就只能受压迫，永远不能翻身，一辈子都要听他指挥。只有他死去，他的财宝才会归我们所有。”纳绥尔悄悄地对曼稣尔说。

“你说的对。可是我们怎么才能把他干掉呢？”曼稣尔问道。

“我们请他去家里吃饭，留他住下。等他睡熟了，我们就把他掐死，扔到海里去。别人问时，就说他被一个陌生人领走了。”纳绥尔说出了计策。

几天后，两个哥哥邀请弟弟去家里做客。

法兹里兴冲冲地来到哥哥家。哥哥们端出好酒好菜，兄弟三人谈笑风生，非常痛快。两个哥哥还为弟弟讲笑话，笑得弟弟肚子都疼了。法兹里第一次感觉到，和哥哥们在一起，被哥哥们关心，是一件非常幸福的事情。

晚上，他们聊到很晚才休息。法兹里睡一张床，两个哥哥躺在另一张床上。半夜，法兹里突然惊醒，看到两个哥哥正骑在他的身上。

可怜的法兹里失去了知觉，被扔进海里。

一只海豚露出水面，寻找吃的，突然听到“扑通”一声响，还以为遇到了食物，便迅速地游过去。善良的海豚用身体托起落水者，一直将他送到岸上。海豚救的这个人，正是法兹里。

第二天，一队客商从这里经过，发现一个人躺在岸边。客商们原以为他已经死了，走上前用手一试，发现他竟然还有微弱的气息，于是决定要救治他。

经过三天三夜的抢救，法兹里终于苏醒了，只是身体非常虚弱。听说附近城里有一位年轻美丽的姑娘，叫拉吉哈，能治百病，客商们便决定去找这位姑娘。

在一个偏僻的地方，客商们找到拉吉哈。

轮到法兹里了，他刚一进门就愣住了。原来，拉吉哈就是他从石头城带出来的那个姑娘。姑娘也认出了他。

“你怎么会在这里？”法兹里忙问道。

“我跳海后，被一个陌生人救起。他让我给这里的人治病，还让我在这里等你。”拉吉哈说道。

见到姑娘，法兹里的病竟奇迹般地好了。

两个哥哥把弟弟扔到海里后，哭着对别人说，弟弟被一个陌生人领走了。

国王派人前去调查，结果发现，是两个哥哥杀害了法兹里。国王非常愤怒，大发雷霆，判处两个哥哥死刑。

法兹里带着美丽的拉吉哈回到巴士拉城，先将两个哥哥安葬，然后前往巴格达，向国王讲述他和拉吉哈的故事。

国王很感动，决定为他们举办婚礼。他们得到了所有人的尊敬和祝福。

法兹里继续在巴士拉当省长，和拉吉哈过着平静而幸福的生活。